FÊTES DE VÉNUS.

DE L'IMPRIMERIE DE LACHEVARDIERE FILS,
SUCCESSEUR DE CELLOT, RUE DU COLOMBIER, N. 3o.

FÊTES

DE VÉNUS.

INSPIRATIONS

DE CATULLE.

A PARIS,

CHEZ PÉLICIER, LIBRAIRE,

PLACE DU PALAIS-ROYAL.

1825.

Fêtes de Vénus.

Inspirations de Catulle.

L'hiver fuit, le printemps commence ;

Le printemps, comme un dieu, s'élance

Sur le trône brillant des airs ,

Et, belle d'amour et d'ivresse,

La terre bondit d'allégresse ,

Et devant lui brise ses fers.

C'est lui qui vit briller les premiers jours du monde ;

C'est lui qui l'anima de sa vertu féconde.

L'hymen célèbre son retour ;

Les bois reprennent leur verdure ;

Tout s'éveille dans la nature :

C'est le triomphe de l'amour.

Dryades, qui prêtez vos forêts au mystère,

Tapissez vos grottes de fleurs;

Répandez en tous lieux vos plus douces odeurs;

Chantez la reine de Cythère.

Son char est traîné par des rois;

Les dieux sont à ses pieds, le monde est son ouvrage :

Prosternez-vous sur son passage;

Mortels, reconnaissez ses lois.

Aime demain qui n'aima point encore!

Heureux amants, aimez toujours :

Des jours perdus pour les amours

L'on ne voit plus briller l'aurore.

Qui pourrait du printemps célébrer les bienfaits?

Qui pourrait chanter ses attraits?

Au printemps tout renaît, et la nature enfante.

C'est au printemps jadis que sur le sein des mers

Vénus apparut triomphante
Aux yeux charmés de l'univers.
Printemps! dis-moi quels immortels hommages
Environnaient ce chef-d'œuvre des cieux!
Printemps! dis-moi quels transports amoureux
Retentissaient jusque sur les rivages,
Alors que, voguant sur les eaux,
La jeune reine de Cythère
Autour de sa conque légère
Voyait du vieux Protée accourir les troupeaux;
Et que, se répandant de leurs grottes profondes,
Les filles de Thétis, en troupes vagabondes,
Venaient se jouer sur les flots.

Aime demain qui n'aima point encore!
Heureux amants, aimez toujours:
Des jours perdus pour les amours
L'on ne voit plus briller l'aurore.

Vénus, précipitant la nuit,

Avec le matin semble éclore;

Vénus à la naissante aurore

Donne l'éclat qui l'embellit:

Par elle la fleur se colore

Dès le premier rayon qui luit,

Et la rose tient d'elle encore

Le doux parfum qui nous séduit.

Vénus, du dieu du jour matinale courrière,

Saluant son réveil, laisse errer sur la terre

Ses regards caressants;

Et, rappelant en nous l'existence effacée,

Sans rompre le sommeil, anime la pensée,

Et de rêves d'amour vient bercer tous nos sens.

Par elle, sur le sein de la vierge timide,

Brille, dès le matin, la rose encore humide.

Douce image de la pudeur,

C'est le bouton charmant d'où va naître la fleur:

Zéphyr la voit; sous son aile amoureuse

Chloé sent naître le désir;

Chloé craint encor d'être heureuse,

Et retient à peine un soupir.

Amour sourit : Zéphyr s'envole,

Et le volage enfant d'Éole

S'enfuit sur l'aile du plaisir.

Aime demain qui n'aima point encore!

Heureux amants, aimez toujours :

Des jours perdus pour les amours

L'on ne voit plus briller l'aurore.

Vénus se plaît dans les forêts.

A la voix de leur souveraine

Ses nymphes ont quitté la plaine :

Tout fuit sous les ombrages frais.

Un jeune enfant parmi les Grâces,

Léger compagnon de leurs jeux,

Se joue et bondit sur leurs traces :

Mais pourquoi, dans ces jours heureux,

Le dieu d'amour a-t-il des armes?

Pourquoi l'appareil des combats

Au milieu de ces doux ébats,

Vient-il mêler quelques alarmes?

Soudain, pressé de tous côtés,

Forcé de quitter son armure,

L'Amour aux jeunes déités

Livre, sans plainte et sans murmure,

Ses traits, son arc et son carquois;

Et les instruments de sa gloire

De leurs débris jonchent les bois.

Mais sa défaite est sa victoire,

Et son triomphe est consommé,

Car sa beauté fait sa puissance,

Et nu, sans armes, sans défense,

L'Amour n'en est que mieux armé.

Aime demain qui n'aima point encore!

Heureux amants, aimez toujours:

Des jours perdus pour les amours

L'on ne voit plus briller l'aurore.

Fuis, sévère Diane, éloigne de nos yeux

De tes délassements le spectacle odieux;

Nous voulons des plaisirs sans mélange de larmes;

Les pleurs des malheureux pour nous n'ont pas de charmes.

Loin de ces lieux cours répandre le deuil;

Emmène aussi ces vierges, ton orgueil,

Dont nos transports alarment l'ignorance:

Va; nous n'envions pas leur stérile innocence.

Laisse-nous nos plaisirs!... seulement, de ces lieux

Épargne quelque temps le calme et le silence;

Rends la paix aux forêts; cède-nous la puissance;

Nous ne voulons régner qu'en faisant des heureux.

Bientôt nous peuplerons ces vastes solitudes;

Les bois retentiront de nos joyeux préludes;

Et, trois fois dans son cours, de ses timides feux

L'astre des nuits viendra favoriser nos jeux.

Il verra cent nymphes heureuses,

Errant sur des tapis de fleurs,

De leurs guirlandes amoureuses

Enchaîner leurs heureux vainqueurs,

Et partout les plaisirs fidèles,

Au milieu d'un peuple d'amants,

Sous des formes toujours nouvelles,

Se succéder toujours charmants.

De Vénus le règne commence;

Chaste Diane, éloigne-toi :

Que tout révère sa puissance;

Que tout se soumette à sa loi.

Enfants, jetez des fleurs; vierges, parez vos têtes :

Cérès, viens embellir nos fêtes!

Bacchus, viens inspirer nos chants!

Quels doux moments!... Heureux délire!...

Le dieu des vers monte ma lyre :

Enfants, répétez ces accents :

Aime demain qui n'aima point encore!

Heureux amants, aimez toujours :

Des jours perdus pour les amours

L'on ne voit plus briller l'aurore.

Vénus aime les fleurs, ornez-en ses autels :

Des saisons tour à tour hommages éternels,

Les fleurs naissent pour elle au sein de la nature :

C'est la reine des fleurs ; les fleurs sont sa parure.

Monts sacrés de l'Hybla, secondez nos transports,

De vos sommets fleuris épanchez les trésors,

Versez tous les parfums ; que la plaine étonnée

Admire, en un seul jour, les produits d'une année ;

Et s'il est des pays inconnus aux mortels,

Que parent de leurs dons des printemps éternels,

Où les fleurs en naissant s'unissent en guirlandes,

Zéphyrs, apportez-nous leurs plus riches offrandes,

De l'univers entier rassemblez les tributs,

Parez, embellissez le trône de Vénus.

Quelles mains ont formé sa céleste couronne ?

Quel cortége divin, quel éclat l'environne !

Les Grâces sont près d'elle, et, quittant leur séjour,

Les nymphes des vallons, les Faunes, les Dryades,

Les Sylvains amoureux, les humides Naïades,

Tous les dieux de la terre ont volé dans sa cour.

Aime demain qui n'aima point encore!

Heureux amants, aimez toujours :

Des jours perdus pour les amours

L'on ne voit plus briller l'aurore.

Demain, de ses vives ardeurs,

Phœbus embrasera la plaine ;

Demain, sous des berceaux de fleurs,

Nous fuirons sa brûlante haleine.

Mais quel feu répandu dans l'air,

Quelle substance vaporeuse

Au sein de la terre amoureuse

Entre avec les flots de l'éther?

C'est le dieu dont l'ardeur féconde,

Fondant la glace des hivers,

Rend l'existence à l'univers :

C'est l'esprit, c'est l'âme du monde.

Déjà, fertilisant son cours,

De la colline à la prairie,

La sève, par mille détours,

Va porter en tous lieux la vie,

Et partout versant ses trésors,

Crée et ranime tous les corps.

Partout une subtile flamme

Porte le germe du désir :

La nature reçoit une âme,

Et s'embellit par le plaisir.

Aime demain qui n'aima point encore !

Heureux amants, aimez toujours :

Des jours perdus pour les amours

L'on ne voit plus briller l'aurore.

C'est Vénus qui jadis aux champs du Latium

Transporta les dieux d'Ilion,

Et, par un noble hymen, au héros du Scamandre

De la vierge du Tibre unissant les destins,

Dans le sang des Latins

De Priam expiré fit renaître la cendre.

C'est Vénus qui livra la vierge de Vesta

Aux transports du dieu de la guerre,
Et guida sur les flots la nacelle légère,
Berceau des deux fils de Rhéa.
C'est elle aussi qui, de ses mains divines,
De Rome jeune encore assurant les destins,
Par des nœuds immortels, aux enfants des Romains,
Enchaîna les vierges sabines;
Et, calmant de leurs cœurs les fiers ressentiments,
Fit naître de leur sein cette race féconde
De tribuns, de Césars, et de maîtres du monde,
Impérissable fruit de leurs embrassements.

Aime demain qui n'aima point encore!
Heureux amants, aimez toujours :
Des jours perdus pour les amours
L'on ne voit plus briller l'aurore.

Le plaisir féconde les champs;
Tout y respire sa présence :
On dit qu'en un jour de printemps

Le dieu d'amour y prit naissance.

La terre le reçut, et, loin de l'aquilon,

Le porta faible encore aux bosquets du vallon.

Autour de lui, vive et légère,

La troupe des jeux et des ris,

D'un pied joyeux foulant la terre,

Dissipa ses premiers ennuis.

Zéphyr retenait son haleine;

L'oiseau chantait plus doucement;

Le ruisseau murmurait à peine;

L'onde coulait plus lentement.

Chaque matin, la jeune Aurore,

Pour lui, sur l'empire de Flore,

Versait le tribut de ses pleurs ;

Et, sur ses lèvres demi-closes,

Les Grâces, de leurs doigts de roses,

Venaient presser le suc des fleurs.

Aime demain qui n'aima point encore !

Heureux amants, aimez toujours :

Des jours perdus pour les amours

L'on ne voit plus briller l'aurore.

Le fier taureau, brûlant d'amour,

Déjà foule nos pâturages;

Et, loin des feux ardents du jour,

La brebis cherche les ombrages :

Aucun souci de ses ardeurs

Ne trouble l'amoureuse ivresse;

Et le loup cruel, sans fureurs,

Ne sent plus la faim qui le presse.

La nature est en paix; tout aime, tout s'unit;

Le jour semble répondre aux soupirs de la nuit,

Et la fleur du vallon, doucement attirée,

S'incline avec amour vers la fleur altérée.

Les vents ne soufflent plus; l'aquilon est sans voix;

Et l'oiseau, rassuré sous la feuille des bois,

Ne craint plus de conter à l'écho de la plaine,

Dans ses douces chansons, son amoureuse peine.

Partout le chant d'hymen fait naître le désir.

Le cygne du Méandre a chanté le plaisir,

Et le calme des nuits à mon âme ravie

Des chants de Philomèle apporte l'harmonie :

Chants d'amour, chants d'ivresse, et non pas de douleur.

Non, ce n'est plus le sort d'une sœur affligée,

Par un époux cruel lâchement outragée,

    Qui porte le trouble en son cœur :

      L'amour, l'amour seul à son âme

      Inspire ces accents de feux,

      Et ces traits de brûlante flamme

      Qui nous ravissent dans les cieux.

Moi-même!... ah! si le dieu, secondant mon délire,

Pour révéler mon cœur, voulait monter ma lyre,

Jamais plus pur encens, brûlé sur son autel,

De transports plus ardents n'aurait été le gage ;

Jamais chants plus divins, jamais plus noble hommage...!

Mais tant d'honneur n'est pas pour un simple mortel :

Seulement n'allons pas, par un honteux silence,

Comme un autre Amyclas, insultant à ses coups,

D'Apollon sur ma tête appeler la vengeance.

Malheur à qui se tait quand le printemps commence !

Malheur à qui des dieux s'attire le courroux !

Notre lyre en éclats se briserait sur nous.

Aime demain qui n'aima point encore !

Heureux amants, aimez toujours :

Des jours perdus pour les amours

On ne voit plus briller l'aurore.